KB178445

푸른사상 시선 167

오른쪽 주머니에 사탕 있는 남자 찾기

푸른사상 시선 167

오른쪽 주머니에 사탕 있는 남자 찾기

인쇄 · 2022년 11월 20일 | 발행 · 2022년 11월 28일

지은이 · 김임선
펴낸이 · 한봉숙
펴낸곳 · 푸른사상사

주간 · 맹문재 | 편집 · 지순이, 김수란, 노현정 | 마케팅 · 한정규
등록 · 1999년 7월 8일 제2－2876호
주소 · 경기도 파주시 회동길 337－16(서패동 470－6) 푸른사상사
대표전화 · 031) 955－9111(2) | 팩시밀리 · 031) 955－9114
이메일 · prun21c@hanmail.net /prunsasang@naver.com
홈페이지 · http://www.prun21c.com

ISBN 979－11－308－1975－4 03810
값 10,000원

이 책은 경기도, 경기문화재단의 지원을 받아 발간되었습니다.

푸른사상 시선
167

오른쪽 주머니에 사탕 있는 남자 찾기

김임선 시집

쪽 주머니에 사탕 있는 남자가 내 앞을 지나간다 혹시, 당신
어머, 이상한 생각은 하지 마세요 도둑 아니고 강도
탕 있으면 한 개 주실래요? 에이, 거짓말! 나는 당신의 주머니를 잘 알아요 한번 만져볼까요? 꼿꼿 이
기꾼 아니에요 그렇게 부끄러워할 것 없어요 그럼 당신 손으로 당신 주머니에 손 한번 넣어보세요 어머, 그것

| 시인의 말 |

출생 ;

문제의 번호와 답안지의 번호가
잘 맞게 답하시오.
검은 연필로

꾹꾹

적어 넣으시오.
시간 제한이 있을 수 있으니
빨리 읽고 빨리 답하시오.

이제 표지를 넘기고

일생을 시작하시오.

2022년 11월
김임선

| 차례 |

제2부

제3부

제4부

제5부

그때 오른쪽 주머니에 사탕 있는 남자가 내 앞을 지나간다 혹시, 당

에 무엇이 들어 있는지 아세요? 어머, 이상한 생각은 하지

제1부

있으면 한 개 주실래요? 에이, 거짓말! 나는 당신의 주머니를 잘 알아요 한번 만져볼까요? 꽃뱀 아니구요 사기꾼 아니에요 ―

귀워할 것 없어요 그럼 당신 손으로 당신 주머니에 손 한번 넣어보세요 어머, 그것 보세요 사탕이 남아 있다니 당신에게 애인이 없다는 증거예요

썰물

동막에 갔다
탈피하는 게를 보았다

오래전 나는 여기에서 전생을 벗었다

폭포

아마도
겨울을 파헤치는 징 소리 같았다

산의 뼈가
허옇게 드러나 있었다

새가 물고 가다 떨어뜨린 거울
깨진 조각에 날개를 찢는 바람

얼마나 쓰리고 아팠으면

우는 소리로
폭포가 탄생하였다

하얀 날갯짓

흰죽 한 그릇이 탁자 위에 있다

화장실에 가려고 일어서던 맞은편 여자가 탁자 모서리를 툭 건드리고 만다
맑은 죽 한 그릇이 자작자작 흔들린다
활짝 열렸다가 닫힐 때 석양이 잠깐 갇혔다가 빠져나온다
전등불은 조금 흔들리다 만다

먼 여행을 계획 중인 여자의 들판에 물이 차오른다

문밖의 바람이 유리창을 훑고 지나가는 자리에 세월이 반짝인다
꼬리에 꼬리를 물고 흰 들판이 밀려오고 밀려온다

더 늦기 전에

흰죽 한 그릇을 못다 먹은 여자가 길을 나서야 할 때
여자의 뒷모습이 어둠에 잠긴다

신호등이 꺼진다

사활

실눈을 뜬다
두 팔을 길게 늘인다

활을 놓는다

너는 내 손을 떠났다

부디 당신이시여
내 손을 놓지 말아줘

바다다

바다를 보았다 나는 열세 살이었다

이것이 바다란다

나는 관광버스에서 내려 바다를 바라보았다
무심하게 서식하는 바다가 너무 멀쩡해서 놀랐다
수평선은 수평선 같았고
갈매기는 갈매기 같았고

모래는 모래 같았다

헌 이불을 어깨에 두르고 서랍장 위에 올라가서 소리치던 아이
야호, 바다야!

서랍 밑이 바다였다

이것은 바다가 아니에요

나는 바다를 본 적이 없었다
그런데 어떻게 내게
이것이 바다라고 말할 수 있어요?

이것이 바다란다
바다바다바다 다 바다라고
애꾸눈 해적도 없이 흰 수염 염소 한 마리와 말하는 앵무새 한 마리와
검정 돼지 한 마리가 타고 있는 노아의 방주도 없이
진주 조개잡이 어부도 없이

바다 떼 몰려왔다
파도가 영혼을 흔들어 깨우듯 내게서 우주를 꺼내 흔들었다
이전에 아이는 우주를 본 적이 없었다
그런데 어떻게 내게
이것이 우주라고 말할 수 있어요?

당신이 당신이라고 말할 수 있어요?

빛의 떼 몰려와서 나를 흔들어 깨웠다
나는 이름이 없었다

감자

마지막 귀갓길에 감자 한 소쿠리 샀다
검정 비닐봉지째로 오래 잊었다

나는 잊힌 인생이다

무덤이 되어가는 나의 방에서 시체들 뒹굴고 있다
시체들 옆에서 시체가 되어 함께 뒹군다
썩은 냄새가 파리를 불러 모으고 구경꾼들은 잇몸뿐인 이를 드러내고
구더기는 꿈틀꿈틀 죽음 밖으로 도망친다

총알이 터졌대, 벼엉신!

총알 맞은 옆구리가 썩고 있다
내 옆구리가 썩는다는 건 너의 옆구리가 썩는다는 것
우리는 비좁은 철제 캐비닛 속의 버려진 몸뚱이들
엎치락뒤치락 앞에서 뒤에서 우리들의 옆구리에서 구더기가 기어 나온다

어느 전쟁터에서 박혔는지 총알 한 개씩
우리는 숙명처럼 품고 산다 작은 발소리에도
창자와 위장 사이 우심방과 우심실 사이
심장처럼 뛰는 가련한 희망이

언제 터질지 모릅니다
하얀 연기와 하얀 가면과 하얀 전쟁을 조심하십시오

선동가들은 늘 그랬어
아무것도 아닌 걸로 백색공포를 조장하지
진물 나는 옆구리에서 싹이 돋는다 뾰족이
내 몸에서 돋아난 싹은 맹독성이야 뾰족한

나는 총알보다 많은 사람을 한 방에 죽일 수 있어
너를 죽이면 나는 살 수 있을까

시체처럼 내가 썩고 있네

성부의 가위는 녹이 슬었어 잊힌 사랑이야

뱀처럼 모가지를 세우고 감자 싹은 감자를 죽이고
감자를 키우고 어둠 싹이 어둠을 죽이고 어둠을 밝히고

캐비닛이 열린다

아, 까맣게 잊힌
내 버터구이 감자
내 감자 카레라이스
내 감자 샐러드

검은 정장을 차려입고
나의 장례식장으로 모여든 사람들 옆구리에서 감자가 싹을 틔우고

나는 감자를 먹는다

흰 눈이 피어요

나비가 널
뛰어요

하얀 나비가 담장 밖을 기웃거려요 고양이가 날아올라요 고양이가 나비를 기웃거려요 나비가 너를 뛰어요 고양이를 뛰어요 너는 이승을 기웃거려요 나비가 널뛰어요 심장이 마구 뛰어요 심장이 뻥! 터질 것 같아요 고양이가 늘 뛰어요 나비를 뛰어요 나비가 날아올라요

하염없이 이승이 피어요

항아리

하나뿐인 입으로 백 가지 생각을 한다
떡 주무르듯 하루를 주물러 빚어낸 일생이 둥글게 뭉그러진다
뭉툭해지는 생각

백색이 어룽지고 젖은 깃털이 납작하게 세계 안에 고여 있다
조용히 머리를 들고 새는
엄마 엄마를 부른다

백 가지 생각이 속 시끄럽다
태어나고 싶지 않다는 생각을 하고 싶다
아아아 거기 누구 없습니까
구멍을 열면

거기 아무도 없습니까?
돌아오는 질문

백색은 너무 오래 죽어 있고

아픈 심장을 싣고 강변을 달리다가 야반도주하는 심정으로 비탈을 굴러

이다음엔 좀 더 잘 먹고 잘살자는 거대한 꿈으로

한낮의 꿈으로

한낱 꿈으로

당신의 애인을 애인은 사랑을 할까

추파를 던지면 오만 갈래 실금이 오롯이 달빛을 향해 윙크를 보내고

갈라진 생각에서 애인이 태어난다

항아리가

테이블 위에 전시되어 있다

제목 : 달

쳐다보며 차마 입 밖에 낼 수 없을 나쁜 생각이 지나친다 모르는 사람의 무덤을 지나치는 것처럼

모르는 사람이 태어나고

헐!

우리 집에 개 한 마리 살고 있다
너는 우리 집에 개 같은 건 없다고 말한다

우리 집에 사는 내가
우리 집에 개 한 마리 산다고 말하고
우리 집에 살지 않는 네가
우리 집에 개 한 마리 안 산다고

나는 커다란 거짓말쟁이가 된다

우리 집은
개 두 마리도 살 수 있다
개 열 마리도 살 수 있다

우리 집 개는 창문을 열고
아침을 밝히고 내 잠을 깨운다
우리 집 개는 내가 밥을 먹는 동안
뉴스를 읽어준다
우리 집 개는 뉴스 다음에는
일기 예보를 읊어준다

우리 집 개는 노래도 잘한다
우리 집 개는 아침에 왔다가
저녁에 가기도 하고
우리 집 개는 영화를 보러 갔다가
다음 날 아침에 돌아오기도 하고

우리 집 개는 아침에 왔다가
오래 눌러앉기도 한다

너는 개가 아니니?

워엉!
워엉!
워엉!
월월월

우리 집 개가 크게 할(喝)을 하고
납작 엎드린다

바비큐

손목이 절절하다
정강이뼈가 녹진하다

좀 더 있으면 허리가 무너지고 엉덩이가 바닥에 흥건해진다

어머, 이 땀 좀 봐

속으로부터 뜨겁게 비명이 터진다

십자가를 지는 기분으로
바람을 키운다

불길이 치솟는다

나는 노곤해진다

죽은 뱀을 밟았다

무궁화가 있었습니다 부처님이 있었습니다 사과가 씨앗이 있었습니다 촛불이 머리가 타고 있었습니다 촛불에 부처님이 앉아 있었습니다 부처님 속에 사람이 있었습니다 남자 속에 여자가 있었습니다 여자 속에 남자가 있었습니다 팔다리가 없었습니다 잔혹한 입술도 눈빛도 없었습니다 물 묻은 고무장갑을 보았습니다 내 뺨에 철썩! 소리를 내며 와 닿는 느낌이었습니다 나는 죽은 뱀을 밟은 것 같았습니다 시퍼렇게 소름이 돋았습니다 무궁화가 꽃이 피었습니다 꽃이 사과를 팼습니다 부처님이 아프게 비었습니다 촛불이 머리가 솟았습니다 혀가 뱀이 돋았습니다 뱀이 발자국을 베었습니다 죽은 뱀은 죽지 않았습니다

파도를 나무라 부르고 숲에서 물고기 한 마리 구하네

나는 지금
바다에 빠져드는 깊이

오래전부터
너의 발소리를 예감했지
눈을 감지 않고도 느낄 수 있어
바다에 바람이 일지 않는 날

어디 있었니 너를 상상했어
오래 널 기다리며

내 예감은 틀린 적이 없었네

너는 무자비할 것이며
너는 음흉할 것이며
너는 어리석을 것이며

나는 바다를 빠트리는 그물이야
너의 허리춤에 매달려 의기양양한 수평선을 정복하는 거야 내 운명은

그물 잣는 노인의 결심이었거든
오래 벼린 나는

파도 한 그루야

나는 파도 파도 한 그루야

나는 수많은 파도 한 그루야

날개를 활짝 펼치고 날아보겠어
뛰어보겠어 미쳐
날뛰어보겠어

나는 해변을 기웃대는 먹구름이야
뿌리는 너에게 있고 저녁의 바람이 나를 흔드네
내 창자를 펌프질하네
왈칵왈칵 구역질이 피네

휘파람을 펄럭임이라 부르고
펄럭이는 물보라를 나비라 부르고

당신이 목격한 절정

그 속으로
깊이 배 저어 가네

나는 바다를 건너는 나비 한 마리야

나는 나비 나비 한 마리야

나는 수많은 나비 한 마리야

날개를 파도라 부르고
파도를 나무라 부르고
환하게 물고기 날아오르네

나는 바람을
해방이라 부르는
파랑이야

그때 오른쪽 주머니에 사탕 있는 남자가 내 앞을 지나간다 혹시, 당
에 무엇이 들어 있는지 아세요? 어머, 이상한 생각은 하지

제2부

있으면 한 개 주실래요? 에이, 거짓말! 나는 당신의 주머니를 잘 알아요 한번 만져볼까요? 꽃뱀 아니구요 사기꾼 아니에요 —
워할 것 없어요 그럼 당신 손으로 당신 주머니에 손 한번 넣어보세요 어머, 그것 보세요 사탕이 남아 있다니 당신에게 애인이 없다는 증거예요

동심

고양이가 비둘기를
데리고 숲으로 들어간다

비둘기가 알을 다섯 개 낳았다

개망초 군락이 어리둥절
바람에 흔들리는 날이었다

도움닫기 멀리뛰기

말타기의 첫걸음을 배운다

이번 생이 쿨하게 나를 내던지는 일이 없기를 소원하며 말 갈기를 쓰다듬는다
말 등에 몸을 끌어올린다

사는 일에 지치면 맨 마지막쯤에 우리가 늘 하는 말 있잖아
제주도에 갔다 오자
제주도에 갔다 오지 말자

말의 나라

사냥꾼들의 추격은 멈추지 않고 너는 반짝이는 외뿔을 벗어던져야 한다
네 몸을
뱀은 풀숲에서
잠자리는 물 위에서

발바닥에 아이를 올려놓고 비행기를 태우는 아버지의
허물
아버지를 짚고 아버지를 벗어던지는 연습
얘야, 거기서는 말이 잘 보이니?

세계가 보이니?
네, 아버지

아버지를 잘 배웠고
말은 겨우 아버지 등에 올라탄다

종

날이 점점 어두워지고 있었다
어디선가 오토바이 소리가 들려왔다

어쭈? 이것 봐라 이분들이 데이트를 즐기는 중이시군

맨 앞의 오토바이가 멈추어 섰다
그 뒤의 오토바이가 멈추어 섰다
그 뒤의 오토바이가 멈추어 섰다
그 뒤의 오토바이가 멈추어 섰다

그 뒤의 오토바이가 멈추어 섰을 때

종이 울렸다

보이는 것보다 가까이 있는

오늘은
연희가 생각난다

나는 연희를 잘 알아
연희는 회색 기와집에 살고 있어

연희 얼굴은 동그랗고 가슴에 하얀 구멍을 달았네
버튼을 누르면 조각난 과거가 칼자국처럼 번개 치고

수족관에는 돌고래가 헤엄치고 있다
롱테이크의 기억

내가 해서 아름다운

숏커트 연희가 엉덩이를 실룩거리며
전광판 오르막 집을 달려 올라가네 연희는 회색 바지를 입는 아이 아니고 빨간 입술 꼭두,

놀이패 기이한 웃음소리 난반사로 흩어졌다 되돌아오는 오랜 풍경

멈추지 않는다

독백의 연희가 텔레비전 풍경 속으로 걸어 들어가네

거울을 연기하는 연희만큼 부서지네

오백 중의 오백 분의 일

혹은 일천 중의 일천 분의 일

연희는 내가 여기 없을 때 거기에 있다

나는 오르막 집 앞의 교회당

종 줄에 매달려 비뚤비뚤 멀어지는 연희의 엉덩이를 구경한다

그해 겨울

마을에서 가장 높은 교회 종탑이

태풍에 떨어져 즉사했다 텔레비전의 뜻대로

유족으로는 잠이 잠잠잠 모래처럼 많다
백만 중의 백만큼 깊다

보이는 것보다 가까이 있는

결말의
연희가 뭉텅뭉텅 다가오고 있다
오목거울의 냉정처럼

색안경을 쓰는 일

안경을 쓰면
돌은 달이 되기도 합니다

달은 둘이 되기도 해요

달의 종족은 돌을 키우는 것이 목적일까
둘을 키우는 것이 목적일까
생각하는 여행이 될 것입니다
이번 생은 말이에요

달이 없는 곳에서 돌은 돌을 알아볼까
돌이 없는 곳에서 달은 돌을 알아볼까
돌의 동족은 달

아닐까

깨진 달의 액정에 식은땀이 맺혔어요
달을 시청하는 소파가 안경다리에 매달려
색안경을 쓰는 일

여름날 물가에서
돌에 들면

달의 세상이 보입니다

그 바다에 돛단배 떠 있으면 나는 망망합니다
너와 내가 짝을 먹고 색유리를 통과하는 시간이 오고 있어요
색은 빛을 따라 달리고
정체된 길에서 점점 어두워지는 너의 낯빛
그 위로 빗줄기가 우거지고 쓰러지고 뒤엉키고 있어요

우산이 비를 따라 달리네요
의심은 우산을 좇아 달리고요
좇다가 코너에 몰리면 눈만 가리면 그만입니다

우산을 쓰면
둘은 하나가 되기도 해요

뿜

내가 뭐라고 했기에

네가 뿜어내는 분수 같은 웃음

햇빛에 반짝이는 짜릿한 너의 향기

알록

달록

시픔

벽을 등지고 잠이 쏟아진다
먼지처럼 지루하게
오후를 쌓는다

오후는 등 뒤에 있고
뒤에 있는 시간은 시가 되지 못한다

씹을 수가 없다 너무 시려서

아
픔이다

눈을 뜰 수 없다
조금만 즐겨봐
조언을 믿었는데
시는 안 생긴다 그럴듯한 것들은 눈을 뒤에 달고 다니나 봐

내 시는 안 생겨서

시 없이 혼자 잔다 코를 너무 골아서 애인은 도망간 지 삼 년 아니 십 년 아니 백 년
내 애인은 죽어도 나랑
하지 않는다

음!

내 시는 언제 생기는 걸까
잠자리에 누우면 꿈이 슬픔처럼 녹아내린다
애인이 없어서 남의 집에 얹혀사는 기분이다 숨이 넘어가듯 밥솥이 끓는 소리

시픔에 쓰려 죽을 맛이다
시상에 홀려
하고 싶은 오후는 뒤만 보고 달려서
앞이 안 보인다

아,

품은
어디에 있지?

내 품을 꺼내어 돌돌 말아 안는다 내 눈에만 보이는 날개가 겨드랑이에서 돈는다
슬픔이 달려와서 시픔에 젖는다

눈앞이 하얗게
시픈 오후

우아함

우아함과 아함 사이에 다리가 있다
우리는 이 둘의 사이를 손짓으로 떨어뜨려놓기도 하고 다정으로 연결하기도 한다

우아함이 삐걱거릴 때가 되었다

너의 구덩이가 우아하다 머리 잘린 머리 컬이 우아하다 너의 퇴행성 관절염이 우와하다 너의 오열이 우앙하다 너의 멍청함이 우엉하다

우아함에
무지개와 무게가 동시에 들어 있다
손잡이가 보이지 않으니 아무나 함부로 열 수 없겠다

기어코 그 함을 열었다면 금기어는 무엇입니까?
열려 있어도 날아가지 않는
날개

날개

엘리베이터에서 만난 9층 아줌마가
날개에 구멍을 뚫는다
날개 같은 겨드랑이에 안겨서 그 집 강아지가
강강 짖는다
왜일까?
밍키 안녕!
날아야 하는데 구멍이 무거워 날지 못한다
구멍에 손가락을 넣으면 엄지가 딱 맞아서 날개가
가볍다 밍키처럼
밍키를 들어 올리듯이 9층 아줌마는 한 손으로 구멍을
번쩍 들어올린다
파르르 쏟아지는 우리 사이
재활용 수요일이 날개 없이 우수수
추락한다
밍키가 강강 짖는다
왜일까?

오른쪽 주머니에 사탕 있는 남자 찾기

그때 오른쪽 주머니에
사탕 있는 남자가 내 앞을 지나간다

혹시, 당신의 오른쪽 바지 주머니에 무엇이 들어 있는지 아세요? 어머, 이상한 생각은 하지 마세요 도둑 아니고 강도 아니에요 당신의 왼쪽 바지 주머니라 해도 상관은 없어요 당신의 왼쪽 심장이라 해도 상관없지요

사탕 있으면 한 개 주실래요? 에이, 거짓말! 나는 당신의 주머니를 잘 알아요 한번 만져볼까요? 꽃뱀 아니구요 사기꾼 아니에요 그렇게 부끄러워할 것 없어요 그럼 당신 손으로 당신 주머니에 손 한번 넣어보세요 어머, 그것 보세요 사탕이 남아 있다니 당신에게 애인이 없다는 증거예요

그것이 어떻게 당신의 주머니에 들어갔는지 당신은 모를 수 있어요 누구에게나 주머니에 사탕 한 개씩은 들어 있어요 사랑 말이에요 세균처럼 바이러스처럼 그 사탕 나

한테 주시면 안 될까요? 나는 달콤한 것을 좋아해요 유난히,

망설이지 마세요 그 사탕 내게 주면 당신 주머니에는 또 다른 사탕 생길 거예요 사랑처럼 말이에요 경험해보지 않으면 믿을 수 없는 일 맞아요

사탕 대신 꽃은 어때요?
어머, 꽃 피우는 당신 마법사였군요

꽃을 나눠 가진 우리
이제 달콤해집니다

쓰디쓴 입맛

언니야 우리 잠자지 말자 아빠를 골려주자 아빠를 살찌워서 팔아먹자 아빠를 헐크로 만들자

일곱 살이 죽어야 여덟 살이 오는 거래
봄이 죽어서 여름이 오는 것처럼
구름이 죽어야 비가 오는 거래

오늘 아침 바람이 불어서 구두끈이 풀어진다
언니는 씀바귀 꽃을 좋아하고

언니의 입맛이 쓴맛을 보챈다

언니에게 무슨 일이 있었던 거니?

언니가 죽어서 장마가 오는 것처럼
언니의 일곱 살을 내가 죽이고 언니의 여덟 살을 내가 사는 거라면
언니의 열일곱 살은 무엇이 되었나

언니의 열일곱 살은 어디로 갔나

가고 있나?
언니야

나무가 잎을 피워 몸집을 부풀리는 건
겨드랑이 밑에 비밀을 키운다는 것

쓰디쓴 입맛,
쓰디쓴 입맛이 나를 보채고 있다

길옆에 노란 씀바귀
꽃 피었다

약간 열린 문

꼭 그 시간이면 잠이 깬다
반은 눈을 떴고 반은 눈을 감았다
약간 열린 문밖으로 달빛이 내린다 자장가처럼 흔들리며 나비가 그네를 뛴다

나비의 집으로 내가 날아든 잠일까
내 집으로 나비가 날아든 잠일까
그네가 삐걱거린다

약간 열린 눈으로 눈 밖을 본다
방문 앞에서 문지방을 못 넘고 몇 번이나 왔다가 돌아서는 나비를
약간 잠긴 잠으로 들여다본다

누구의 태몽이 오다 말고 오다 마는지

꼭 그 시간이면 눈이 떠져서
반만 감은 눈으로 거실로 나가면 아버지의 균함이 알래

스카를 향해 코를 골고 있다

그 옆에서 어머니의 돛단배는 은하수를 따르고 있다

나는 추상 화가의 캔버스에 잠처럼 묶여

달빛을 끌어내린다

엘리베이터 앞에서는

너무 짧은 치마를 끌어 내린다

거기 엄마?

내가 빚은 손만두에 손가락이 찍혀 있어요
사람들은 매일 내 손을 먹듯이 만두를 먹고
나는 내일도 손가락무늬 손맛을 내는 데 진심이에요
엄마 손 잡고 길 건너 은행나무 밑에는
파란 유치원 모자가 쪼그리고 앉은 자리에 민들레 수염 보송보송 피어요

집게 손을 뻗다 말고 파란 모자가 머뭇거려요
잡으면 죽을 거야 잠자리처럼
엊저녁 잠자리는 이슬에 젖어 몸이 무거웠거든요 동 트는 아침이 되면
이슬을 빗듯 젖은 머리를 빗을 거예요
빨간 당근 이야기 파란 호박 이야기를 소금 후추에 잘 버무려서
감기 몸살처럼
내가 빗는 머리에서 오소리 여우 보슬보슬 흑백으로 떨어져요
꿈처럼 느리게 음악이 흐르고요

낮에 본 민들레 수염 가볍게 솟구치다
빛 잘 드는 비닐 장판에 풀썩 내려앉아요
소파 밑은 안전한 피난처 싹 틔울 자리를 찾아 우글우글 실뱀들 몰려다녀요
엄마의 모자를 훔쳐 쓰고 거울 너머를 보고 있는 엄마의 발자국

비가 오는 날에는 만두가 잘 나가요

민들레 수염 한 주먹 불면 날아갈까 얕은 기침 두어 조각 쿡쿡 억눌러요
잡히지 않으려고 허둥대는 생각들 여분의 딸이 노골적으로 비에 젖어요
먼저 간 딸은 청마루에 앉아 젖은 머리를
곱게 빗어요

그때 오른쪽 주머니에 사탕 있는 남자가 내 앞을 지나간다 혹시,
에 무엇이 들어 있는지 아세요? 어머, 이상한 생각은 하지

제3부

있으면 한 개 주실래요? 에이, 거짓말! 나는 당신의 주머니를 잘 알아요 한번 만져볼까요? 꽃뱀 아니구요 사기꾼 아니에요
려워할 것 없어요 그럼 당신 손으로 당신 주머니에 손 한번 넣어보세요 어머, 그것 보세요 사탕이 남아 있다니 당신에게 애인이 없다는 증거예요

가스 그리고 라이트

퍽!
하고 괄호가 열린다

혼자 깨우는 묵념

불을 켜면 괄호 안이 돌올하게 빛난다

너의 생각은 후광이다

붉을 적

급기야
저 산골짜기가 붉은 적이 있다

열일곱 홍시는 붉을
적이다

저녁의 그림자로 홍시야 부르며
어두울 적은 숨죽인 발소리로 온다
비틀비틀 와서 그윽이 쌓인다

시대가 걸어오는 방향으로 고개를 돌린다
어디에서 길을 잃고 쓰러졌는지
아직도 쌓이는지 붉은 머릿

적이 울어
온다

담 너머 남의 집 사연에

수없이 흔들리는 빨간 이름표

불이야!

산불이야!

가출 소녀

새끼 고양이를 가둔 유리 상자가 유리 밖을 보고 있네
유리 밖 둥근 소파에 빛나는 햇살
유리 밖 빨간 컵에 빛나는 흰

빰!
철썩,

내 등에 뿌려줘

내 몸에 씨앗 싹트기를 바라네
빨간 철사를 틔울 거야
철사가 자라면 철사를 녹여서
빨간 열쇠를 만들 거야
빨간 열쇠를 키워서

시끄면 총을 만들어야지
유리 밖을 겨누고

문 열어, 엄마!

높이 쌓인 책장처럼
엄마,
새파랗게 무너지면
나는 유리 밖으로 나가서

가출 소녀가 될 거야

같은 옷을 두 번 벗지 않는다

구두를 신고 나갔다가
발자국을 신고 돌아온 날

밥 먹으러 간 식당에서 나는 사라졌습니다

분리불안의 의자가
내 조끼를 입고 앉아 있는 뒷모습
나는 사라지고 나 아닌 다른 내가 나를 맞이합니다

나는 옷을 벗습니다 시간의 다리를 건너요 과거는 빨래가 되고 전생은 세탁이 되고 찬란한 앞날이 햇볕에 말라갑니다
새로운 인생이 뽀송뽀송해집니다

빨래를 잘 걷어서
빨래를 잘 접어서
빨래가 옷이 됩니다

사람은 옷을 입어요
옷을 입은 의자가 사람이 됩니다

뭐 해?
　　　―신문 보잖아
뭐 해? 뭐 해?
　　　―너를 잠깐만 빌릴게
뭐 해? 뭐 하냐니까?
　　　―그냥 한번 입어봤을 뿐이야
뭐 해? 뭐 해? 뭐 하냐니까?
　　　―싫어 싫어 안 벗을 거야

분리불안증에 걸린

바나나는 껍질이 벗겨지면 불안합니다
꽃 피는 장미가 다급하게 향기를 회수 중입니다
털 날리는 토끼가 하루에 한 마리씩 백 일 동안 새끼를
낳습니다

솟구치는 날개가 하루에 백 개씩 신중하게 깃털을 수집합니다

인간의 탈을 쓴 짐승이 가면을 벗지 못하고 있습니다

짐승의 탈을 쓰고 사는 인간이 가면을 벗지 못하는 것과 같습니다

허파를 한껏 부풀리며
날숨 들숨 헤아리는 나의 짐승

나는 두 번 다시 옷을 벗지 않습니다

질주

이 버스는 정류장이 없다
이 버스는 문이 없다
이 버스는 운전수가 없다
이 버스는 목적지가 없다
이 버스는 이가 없다

이 버스를 쫓는 사이렌 소리

이 버스를
당신께 보냅니다

점심

황량한 벌판에 내가 누워 있었다
새소리가 나뒹굴고 나뭇잎이 비명을 지르는 벌판이었다
세균처럼 음악이 창궐했다
이 노래 제목이 뭐지?
메스와 포크로 내 가슴을 썰면서 하얀 가운이 거만하게 등장하고
벌거벗은 학교잖아요 요즘 역주행하는 노랜데 괜찮죠?
입술이 미어터지게 빨간 천사가 등장했다
질긴 내 허벅지를 썰면서
와우, 이 돼지년은 질겨서 못 썰어 먹겠네 다른 노래 없어? 좀 더 신나는 걸로
자기, 힘드시면 교대해드릴까요? 서당 개 삼 년인데 풍월은 식은 죽 먹기죠
나이프로 질긴 내 대퇴부를 뒤적이면서
질긴 내 허벅지를 서당 개한테 넘겨주면서 하얀 가운이
오늘 점심은 뭐 먹을래?
저는 돼지두루치기 좋아요 이런 돼지년 아닌 진짜 돼지요
너 말고 너 말이야 뭐 먹을래?

칫치사빵구네요 예쁜 너만 여자인가요? 안 예쁜 너도 여자랍니다

이승과 저승 사이의 간격은 한주먹 거리

수술대와 관의 크기는 꼭 침대 사이즈

하얀 이불을 머리끝까지 올리기만 하면 그게 죽음이다

생은 하루 한 끼 점심을 다투는 일이고 나는 꽃무늬 환자복을 입은 죽음의 포로

누군가의 심심풀이

녹슨 음악이 켜져 있었고 하늘에서 빛처럼 쇳가루가 떨어지고

나의 첫 오늘

끼

죽죽

죽음이 들끓고

앵무 죽이기

내 뱃속에 앵무를 점지한 신의 말

씀,
앵무는 앵무를 몰라

미성숙한 앵무가 성숙한 앵무가 되기 위한 가설은 거울 안에 있다
너를 찾으면 너를 잠그는 거야 알지?
앵무는 카페에 살고 앵무는 거울의 앞면과 거울의 뒷면을 이해한다

배를 가르고 앵무를 꺼낸다
앵무처럼 날뛰는 앵무 앙앙앙앙앙앙앙앙
제발이야 앵무
쉿,

두 손을 모으고 앵앵앵앵 우는 앵무는 앵그리버드 손을 벌벌 떨고 있는

앵무는 앵벌이 열심히 나를 수거해간다

앵무는 너의 잠 속에도 있다
누가 네 눈 속의 앵무를 잠재울까
훔치러 간 앵무 발을 헛디딘 모래 구덩이에 지옥처럼 빠진다
앵무는 행불자

앵무를 지옥에서 꺼낸다
앵무의 목을 비튼다 우리 아이 꿈 깰라
그만 죽여버린다

누추한 내 어린 애, 앵무
잘 잔다

빨강 빰치는 블루

1박 2일 외출에서 돌아온 아버지가 어린 자녀들의 손바닥에 초콜릿을 나눠주는 것처럼

우리는 나눠 가진다
모르는 여자와

나눌수록 커지는 것이 뭘까요?
학교에서 배웠다

교과서를 펼치면 용감한 사람이 사랑을 쟁취하고 멀리 보는 새가 먹이를 얻는다

분식집 엄마는 한 컵만큼 떡볶이를 꽉꽉 권태를
눌러 담는다

아버지도 아니면서 나눠주는 건 옳지 않아요
온전하지 않잖아요

지하실 문 앞에서 검색창을 열면 어린 자녀들은 더 이

상 어리지 않고 사랑이 뭔지 몰라서
사랑은 더 이상 어리지 않아서

사랑이 먼지라고?
사랑도 모르는 당신이 말간 얼굴로 그렇게 말해서 우리 도저히 헤어지지 않을 수 없겠어요
반쪽이잖아요

1박 2일의 평화는 깨졌고 출장인지 외박인지 나는 나의 알리바이를 폐기 처분할까 생각한다

나눠 받은 초콜릿은 작은 방의 서랍 속에 방치되고 지금도 꺼내보지 못하고 다섯 살의 초콜릿
일곱 살의 초콜릿
녹아서

검색창에 고립되고 그때로부터 더 자라지 못한
아이는 한 번씩 맞은편 검색창을 건너다보며 떡볶이와 순대를 산다 한 컵만큼 꽉꽉

소외를 눌러 담아서 분식집 앞 비둘기처럼
콕 찍는다

콕콕 찍는다

사과나무와 뱀과 그림자

깊은 산
작은 연못에 뱀 한 마리 살고 있어
어여쁜 연못 옆에는 초가지붕을 닮은 아담한 사과나무 한 그루 시절을 엿보고 있네

노랑 꼬리 새는
사과나무에 앉아 푸른 사과와 소곤대는데
무슨 비밀이 저리 깊고 농염할까

노랑 꼬리를 갖고 싶은 뱀이
어느 날 사과나무를 향해 높이 날아오르네 아마도 노랑 꼬리 새 따먹었을 거야

우리 아버지 휴가 받고 산에 갔다가
길을 잃었는데 산속에서 그 연못가 사과나무를 만났거든 사과나무 빨간 사과가 하는 말

나무꾼님 나무꾼님 나는 맛이 없어요.

오는 길에 혹시 노랑 꼬리 뱀 못 보았나요? 노랑 꼬리 뱀이 나보다 백 배는 맛있어요
귀 얇고 눈 어두운 우리 아버지 빨간 사과한테 속아
노란 꼬리 뱀 잡아먹고

날 낳으셨어
나는 노란 꼬리 뱀 어여쁜

어느 날 사과나무를 향해 높이 날아오르네
아마도 빨간 사과 한 알 따먹었을 거야
그날부터야 내 속에서 파란 사과 빨간 사과 쉬지 않고 싸움질이야

나는 그 사과 사탕을 먹듯 먹어버렸는데
더 많은 사과 내 속에서 알을 낳고 알을 까고 사탄처럼 데굴데굴 굴러다니며 분탕질이야

아버지의 그림자 내 속에서 천천히

나를 되새김질 중이야

나는 인류를 구원해야 하는 빨간 사과

어디에 숨어 있는가 빛도 없이 그림자도 없이 나를 훔쳐 먹은 노랑 꼬리 새

색, 피움

만만 번
바늘에 찔려
만만 방울 색색가지
피로 피워낸 잔혹한 꽃밭

엄마는 예뻤다 아버지는
밤마다 엄마를 찔러 피를 맛보고

아침이면 색색가지 이슬 엄마의 젖
꼭지에 맺히고

만만 년의 어느 봄날에
엄마는 꽃을 피웠다

새를 낳았다

나를 낳았다

새는 허약한 슬픔이다
새가 지어낸 이야기가 야음을 틈타 동굴이 되고
엄마의 젖꼭지를 탐하던 아들을 아버지는 박쥐의 날개 밑에 방 한 칸 내어주고 유폐시켰다
만만 년 만에
혼수에서 깨어난 새가
몰살당하던 밤

만만 년의 통곡이 끝나고 울음의 스키드마크
다음 날 내 깊은 모가지에서 발견되다

봄 이불이 숨긴 슬픔의 무늬
색, 피움

꽃 피지 마세요

꽃이었습니다
유리 꽃집 안에 몇 가지 생각처럼
진열된 색이었습니다 꽃집 앞 1인용 의자에도
그림으로 나와 앉은

꽃이 있습니다

옥탑방 까마귀가 꽃을 구경하듯이
순대를 먹을까
라면을 먹을까

스카이라운지 검은 모자가 꽃을 좋아하듯이
이 꽃을 살까
저 꽃을 살까

꽃 사지 마세요

이별을 부탁할게요

꽃의 이름을 들고 회색 토끼가 구멍을 파러 갑니다
도끼 자국 새겨진 손톱 빨갛게 부어오릅니다
단체로 담배 피우러 가는 척
부여잡은 바람

빨간 꽃 모가지 덜렁덜렁하다가
시멘트 머리에 유리 옆구리에 찧어요
찧은 데를 또 찧어서 이마가 찢어집니다
코끝이 핑 돕니다

꽃 피지 마세요

여기 꽃 피는 공원 아니에요
여기 잠깐 꽃구경이나 하며 놀다 가는 데 아니에요
술 취한 아저씨씨씨 밭
갈지 마세요 꽃 뿌리지 마세요
그 꽃 뿌린

이상

잘 키워서 꺾을 건가요?
꺾어서 잘 팔 건가요?
사방팔방 난폭하게
추락하는
이상

표의문자

사람이
얼룩무늬 뱀의 모습으로
응달진 곳에 도사리고 있어요

나는 뱀 무늬 옷을 좋아합니다
나는 뱀의 인질인가요?

내 예쁜 애완용

네가 보내온 하루

너의 하늘에는
오늘 무슨 구름 떠 있니?

네 머릿속의 추억은 우리 처음 연극을 보았던 소극장 여기였구나 기억해?
나는 짐짓 그 연극 나 아닌 듯
도대체 넌 누구랑 언제 여기에 왔던 거냐구 척, 할 때 너는 하늘을 쳐다보았어
하늘에게 대답을 구하는 듯
우리는 함께 피식 웃고

그날 우리가 보았던 방울새는 보이지 않고 방울새 날아오르듯 바람이 뎅데그르르 일어나네 나뭇잎 뽀르뽀르 뽀르르륵 굴러오네

뭐 하니? 지금도 하늘 보고 있니?

너는 방울새라 했고 나는 참새라 했고 이들을 닮은 많

은 새의 이름들 굴뚝새 박새 쇠박새 오목눈이 또 다른 이름 찌르레기는 저렇게 작지 않아 딱새는 저렇게 무리를 짓지 않지

신은 저토록 우리의 이름을 알지 못할 거야
너는 왜 그런 말을 했을까?

조금 더 올라가면 전망대가 나올 거야 길의 끝에서 전망대를 만났지만 전망대는 무서워 못 올라가고
전망대에 올랐다면 우리는 앞날을 전망할 수 있었을까?

너와 나의 미래

낮은 곳에서 좀 더 높은 전망을 발견했지
왕들의 집이었던 궁궐과 푸른 기와집을 내려다보았어

너도 그런 곳에 있는 거니?

거기서는 다만 여기를 내려다볼 수만 있는 거니?

잘못 든 길에서 널 기억했어

넌 지금 어디에 있는 거니? 어쩜
오늘이 네가 보낸 나의 하루였던 거니?

잘못 든 길이
잘못된 길이라고 누가 그래?

다시 걸어야 할 때가 되었어
꿈에서 내려와 세속으로

뭐 하니?

명랑한 여름

저 새가 나뭇가지에 걸터앉기 전까지
내 치마는 갈기갈기 찢어질 일이 없었다

녹슨 자전거 찌걱찌걱
헛바퀴 돌리는 소리 오래 들렸다

갈기갈기 찢어진 저 새가
찔레꽃 가지에 걸터앉기 전까지
내 심장은 찔레찔레 찢어질 일이 없었다

자전거 바퀴가 분홍 치마를 씹다 뱉은
분식집 공터 뒤 헛페달 소리
찌걱찌걱

울음이 고인다 멀리
달아나는 사이렌 소리가
담장 위 철조망에 걸려 찢어지는
한여름

그때 오른쪽 주머니에 사탕 있는 남자가 내 앞을 지나간다 혹시,
[illegible]에 무엇이 들어 있는지 아세요? 어머, 이상한 생각은 하지

제4부

있으면 한 개 주실래요? 에이, 거짓말! 나는 당신의 주머니를 잘 알아요 한번 만져볼까요? 꽃뱀 아니구요 사기꾼 아니에요
[illegible]러워할 것 없어요 그럼 당신 손으로 당신 주머니에 손 한번 넣어보세요 어머, 그것 보세요 사탕이 남아 있다니 당신에게 애인이 없다는 증거예요

이름을 묻는다

오래 꽃을 보다가 고개를 드는 꽃 자리에
새가 진다

오래 새를 보다가 고개를 숙이는 새 자리에
꽃이 진다

꽃 자리에
새의 이름을 새긴다
왁자하게 흔들리는 강가에 크기도 모양도 색깔도 맛도
다른
이름이 진다

너는 아직도 강가에 앉아 있고 돌부덤에
바람이 진다

지나가던 호기심이 되돌아와서 묻는다

여기 뭐 묻었어요?

조요오옹 1

문도 없고 공기도 없는 어딘가의 속 같았다 뜨겁지도 않고 차갑지도 않은 무언가의 내장 같았다 미지근한 국밥 속을 헤엄치는 것 같았다 한 숟가락을 떠먹은 후 우웩 뱉어내는 맛이었다

아직도 안 보여?

울음은 뚜껑을 열고 바깥으로 고개를 내밀었다 더 이상 안을 들여다볼 수 없게 되었다 밤중에 지하 창고로 내려가서 백 년 후에 올라와 보면 목구멍에 수제비처럼 목소리가 둥둥 뭉쳐 있는데 얼굴도 없이 주먹 같았다

고양이 눈썹에 걸린 오렌지는 눈 속에서 썩어가고 오렌지 발톱에 찢긴 연애는 내 방에서
혼자 눈을 뜨고
쉿,

조용!

조요오옹 2

(속삭이듯이……)

아기가 꽃잠을 깨는데
무서운 이야기는 어디에 숨을까

웃음이 날아오르는데 비바람은 어디에 숨을까

잠이 오지 않는 날
귀신은 어디에 숨을까

저녁은 예고 없이 들이닥치는데
아기는 어디에 숨어서 삐쭉빼쭉
울먹일까

쉿,
조용

조요오옹!

숙모 장롱 그리고 쓰레기

아는 사람이 재활용 쓰레기를 트럭째 싣고 와서 내 집 마당에 쏟아붓는다
집 나간 행방불명의 숙모가 나타나더니
저 호두나무 장롱은 내가 들고 갈게

나는 깊이 연구한다
숙모 장롱 그리고 쓰레기

우리 숙모 결혼하려는가?

내 쓰레기와 숙모 쓰레기와 아는 사람 쓰레기는 서로 다른 관계에 놓여 있다
쓰레기 쓰레기 하니까 씨발,
하고 싶다

이 장롱을 쪼개서 가방에 담고 싶다
이 장롱의 크기는 얼마나 될까

노력하면 쓰레기는 황금이 될 수 있다는 보장

이 장롱을 쪼개서 가방을 담고 싶다
이 장롱을 얼마큼 쪼갤까 얼마큼 실을 뽑아서 얼마큼 작게 작게

계속해서 쓰레기가 들어온다
패총처럼 쌓이는 관계
쌓이다가 무덤이 된다

무덤에서 호두나무는 몇 개의 호두를 생산할까

아하, 우리 숙모 결혼할 것 같다

나를 향하는 낙하

발이 없는 날은 길을 나서지 않는다
이가 없으면 잇몸으로 살아야지
하고 아버지가 말했다
할머니는 틀니가 없어도 참외를 먹을 줄 안다
삼겹살도 잘 먹는다 옥수수 죽만 먹으란 법이 어딨어
발이 없어도 발이 되는 것들이 많구나
나는 손이 발이 되도록 빌었다
입을 발처럼 잘 쓰는 구필 화가는
세상에 불가능이란 없습니다 하고 말했다
우리는 채널을 고정시키고 구필 화가에 대해 깊이 연구했다
옆구리에서 발이 자라는 꿈을 꾼 다음 날에는 없는 발에서 발꼬랑내 진동했다
없는 발의 발톱을 깎으려고 옥상에 올라가서 난간에 걸터앉아서 없는 발을 빨래처럼 흔들어보았다
그때 엉덩이에서 짜릿하게 없는 발이 자라는 것을 느꼈다
니글니글한 농담 끝에 마시는 콜라 한 잔 같은 통증을

견디며 어깨를 들썩였다

발이 없다고 허공을 딛고 살아서는 안 된다

아버지가 거미줄을 보면서 말했다

사람이 태어난 이상 다만 씨를 남겨야 한다

는 아버지 생전의 말과 같은 뜻이다

이름이 아니라 종자라는 거대한 운율

능히 신과 같다고 할 수 있다

내게 용기를 주지만 가혹한 시련도 함께 주시는

발이 없어도 발이 되는 것들이 많다는 것을 알아서

나는 발이 허공이 되도록 빌었다

불합리

풍선을 산다
오늘도 한 개

두 개는 왜 안 되는 거예요?
　—두 개는 안 됩니다

나의 전쟁은 형형색색
글쎄 왜,

다섯 개는 안 되는 거예요?
　—다섯 개는 안 됩니다
열 개는 안 되는 거예요?
　—열 개는 안 됩니다
빨강은 안 되는 거예요?
　—빨강은 안 됩니다
초록은 안 되는 거예요?
　—초록은 안 됩니다

형형색색 알약을 꺼내놓고

우리 휴전할까요?

너는 고개를 끄덕이고
가위바위보!

글쎄 왜,

가위는 안 되는 거예요?
　－가위는 안 됩니다
주머니는 안 되는 거예요?
　－주머니는 안 됩니다
바퀴는 안 되는 거예요?
　－바퀴는 안 됩니다

우리는 알록달록 깃발을 꺼내놓고

협상은 안 됩니다

인격충전소

막대에 파란 불이 들어오면 충전은 완료되고 공원의 인형은 졸린 눈을 뜬다 후유증으로는 하품이 있다 문제점을 개선하지 못했으나 완충했으니 지금부터 너는 인간처럼 되고 인간의 수명을 누린다 인간은 무엇을 할 수 있다 공원에 눈이 커다란 인간은 거기서 기다려! 라고 말하고 인격이 충전되는 동안 너는 꼼짝 안 하고 복종을 하고 인형적인 너는 본래부터 그래왔듯이 습관적으로 인간에 깃들어 살아서 그럴 인간이 아니다 그렇다고 인간이 아니다 인간은 우리에게 인간을 보여준 적이 없으므로 우리는 인간을 모릅니다

빨랫줄과 십자가

문밖으로 이불을 끌어냅니다
이불이 무슨 죄를 지었을까?
베개는 방 안에서 이불이 끌려 나가는 것을 바라봅니다
그리고 베개는
나는 무슨 죄를 지었을까 생각해봅니다

빨랫줄에 이불이 내다 걸립니다
꽃물이 뚝뚝 떨어지는 이불입니다
몽둥이를 들고 장화를 신고 무대 뒤에서 예술가가 걸어
나옵니다
이불을 탁탁 때립니다
플래시가 팡팡 터집니다

한 사람이 이불에 돌을 던집니다
두 사람이 이불에 돌을 던집니다
세 사람이 이불에 돌을 던집니다

다섯 사람이
열 사람이

백 사람이

베개는 방 안에 숨어서 와들와들 떨고 있습니다

이마가 터질수록 기억이 또렷해집니다
눈이 찢길수록 고뇌가 선명합니다
비밀이 다 털릴 때까지 이불의 고행은 계속됩니다

긴 칼을 차고 햇빛을 등에 지고 뒤꼍에서 예술가가 걸어 나옵니다
두꺼운 뱃가죽에 칼을 꽂습니다
플래시가 팡팡 터집니다
목화솜이 훨훨 날아오릅니다

한 사람이 이불을 해체합니다
두 사람이 이불을 해체합니다
세 사람이 이불을 해체합니다

핏빛의 봄밤이
십자가를 지고 언덕을 올라갑니다

닭

도끼가 죽으면 나는 아는 것이 아무것도 없다고 말하겠다 나는 쥐약을 만진 적이 없고 쥐약을 본 적이 없다고 말하겠다 아예 나는 다락에는 올라간 적이 없다고 말하겠다 도끼가 죽으면 나는 생살을 보여주지 않아도 된다 단풍을 벗고 겨울을 보여주지 않아도 된다 내가 잠든 사이에 칼바람이 먼저 들어와서 뜸 들이는 일도 없게 된다

물그릇에 쥐약을 탄다
가지고 다락으로 간다

모가지를
모가지를 좀
모가지를 좀 더

모가지를 좀 더 빼주겠니?

닭 칠래?

닭 쳐주겠니?

닥치세요!

고시원

신은 아직도 낮잠에 빠져 있고
낮잠은 우주를 떠돌고 있어

살인자와 강도와 도둑과 나는
오래전 신의 낮잠에서 도망쳐 나왔어

신은 나를 벌하러 올 것인가
구원하러 올 것인가

실험실의 불은
밤에 더 반짝이네

집

너의 몸은 풍부한 내장을 가지고 있다
따뜻한 선반에 아침이 피고 생일 파티를 하는 일요일이 있다
그 아침이 붙박이로 네 몸을 요리하고 닦는다 오전을 닦고 오후를 닦고
자기 시간으로 돌아오면 자정이다
지금부터 사랑을 할 시간

장롱 속에 숨어든 밤은 하루도 거르지 않고
꼬리를 자르고 꼬리를 자르고 새 꼬리를 받아 장미 벽지에 덩굴을 올린다
장미는 벽지 뒤에 숨어서 교미를 하고 곰팡이를 피운다
흰 가운을 입은 접시는 달그락거리며
이 모든 것을 기록하고 보고를 하고
수정을 하고

맨드라미는 어지럽고 계단은 숨이 차다
지하실은 은밀하고 미스터리 만년필은 오늘 안 돌아온

다고 한다

나가서 죽어버려도 좋아

눈앞에 보이지 않으면 잊을 수 있을 것이다

자정은 어둡고 무서워서 자정의 미로에 스스로 갇힌다

갇혀서도 갇힌 걸 모른다

문이 열려 있는데 나가지 않는다

이 길의 끝은 여기인가요?

그렇다면 내 길의 끝은 어디인가요?

외박에서 다시 돌아온 자정이

오늘 밥을 먹으면 내일 죽는 건가요?

내일 죽으면 죽음은 또 언제 오나요?

당신은 밥을 짓듯이 죽음을

안친다

가다가 부르는 소리 들리면 돌아와야 할 텐데

여기를 몰라서 더는 못 간다

여기는 놀이터
여기는 전쟁터
여기는 벽장 속
여기는 모자 속

오늘은 여기서 사랑을 받는다

왼손

하나뿐인 왼손이 왼쪽에 있다 개 짖는 소리가 잠에 들면 왼손은 깨어난다 오늘의 할 일은 왼쪽에 있다 왼쪽의 유리창을 열어젖히기 위해 손잡이를 왼쪽으로 돌린다 잠그는 방법은 따로 없다 왼쪽 사람의 심장을 오려서 왼쪽 가슴에 붙이세요 그러자 왼쪽 가슴이 두근거리기 시작한다 주광색 막대 형광등이 내는 소음이 안개처럼 짙은 날 집으로 가는 버스는 왼쪽에서 오고 그렇다면 우리 집은 왜 항상 오른쪽에 있을까? 왼손의 목적지는 어제처럼 오늘도 왼쪽이다 왼쪽에서 뜨는 해가 인사를 한다 안녕하세요 오늘은 초록의 방향으로 달려볼까 하는데요 비는 발밑에 쓰러져 순서를 기다리고 초록을 쓸어내면 바닥에 잘 다져진 초록의 발자국 백 명이나 이백 명이 한꺼번에 강강수월래를 한 것 같다 발바닥을 오려서 벽에 붙인다 강강수월래가 왼쪽으로 돌아간다 왼손은 강강수월래를 안고 있고 집으로 가기 위해 왼쪽을 기다린다

청어가 온다

나는
거대한 빙하기의 끝

암컷이 죽으면 뿔사슴은 레이스 잠옷으로 갈아입고 암컷의 침대 속으로 들어간다

나올 때는 암컷이 된다 기억을 잃고
심한 배앓이 끝에 인당수의 배후를 잉태한다

오랜 기억 후

북극 바다에 청어가 오면
뿔고래가 따라온다
눈먼

나의 아내
어느 종말쯤에 서 있다

고패 오른쪽 주머니에 사탕 있는 남자가 내 앞을 지나간다 혹시, 당신
에 무엇이 들어 있는지 아세요? 어머, 이상한 생각은 하지

제5부

있으면 한 개 주실래요? 에이, 거짓말! 나는 당신의 주머니를 잘 알아요 한번 만져볼까요? 꽃뱀 아니구요 사기꾼 아니에요
위험할 것 없어요 그럼 당신 손으로 당신 주머니에 손 한번 넣어보세요 어머, 그것 보세요 사탕이 남아 있다니 당신에게 애인이 없다는 증거예요

정전

고요 일만 리
볶은 콩 한 주먹
헛기침 너더댓 주머니

그리고
내가 나를

더듬는 시린 손

잠투정

라디오를 켭니다
최대한의 호흡을 찾아 주파수를 맞추고 신중하게 먹줄을 튕겨봅니다
황혼에 눈 밑 주름처럼 늘어지는 피곤
한쪽 눈만 뜨고 바라보는 수평 위로 푸른 돛배가 우거집니다

영혼은 가늘게 꺼져가고
시나브로 울퉁불퉁한 잡음과 치열하게 전투를 시작합니다
끊어질 듯
팽팽한 손맛이 핑 돕니다

뭐가 좀 나옵니까?
나비라도 한 마리
노루라도 한 마리

나는 여전히 빈손입니다

거짓말탐지기를 들이대고 수명을 의심하는 주파수가 들끓는 밤을 향해
줄을 던져요
달빛처럼 흔들립니다

졸음이 오면 꿈에 이가 빠집니다
빠진 이를 밥그릇에 묻어요
식탁 위에는 빈 물그릇이 놓여 있고 물고기의 울음소리 희미해집니다

라디오를 끕니다
손님이 신고 온 검정 구두 속에 먹물 같은 침묵이 풀어집니다
그 속으로 나지막이 숨어듭니다
이제야 눈을 감아요

귀가

오래 집을 비웠다가 돌아오면 내 집에서 사람 냄새가 난다
고요가 일만 킬로미터 쌓인 흔적
종이컵에 물이 일 센티미터 줄어든 흔적
마른 화분에 바람이 십만 밀리미터 자란 흔적과 화분이 십만 밀리미터 자란 흔적

옷장의 어둠이 조금 열려 있고
침대 위에 졸음이 얼룩져 있고
비눗방울이 세면기 바닥에 까무룩 죽어 있다

스위치를 올렸다 내린다

내가 돌아왔다는 보고에
도사리고 있던 사람 냄새가 급하게 빠져나간다

이제 빈집이다

목성의 날

시외버스 터미널에 공중전화가 있어요
19시 10분이에요
우리는 같은 시계를 보고 다른 시간을 골라요
다른 방향을 보고 선 채 손을 맞잡는 등 뒤의 사람들 같아요

진열된 벽의 숫자를 오래 들여다봅니다 숫자를 연구하면 세상이 보인대요

다른 숫자를 보지만 같은 곳에 도착하는 사람들 쉴 새 없이 이어집니다
저기 시간을 타고 달려오는 웃는 여자가 있어요
웃는 남자를 향해 손을 흔듭니다

배턴 터치

뭉기적거리며 우리가 떠난 자리에 그렇게 도착하는
사람 한 달에 한 번

이어지는 관계
관계되는 관계 우리 오늘 밤 뭐 먹지?
번식하는 관계 아직 늦지 않았다고 장어를 먹으면서 팔 굽혀 펴기
번뇌하는 관계

당신은 첫사랑
떠난 자리에서 무한으로 기다리는 무한의 첫사랑
어디까지 갔어요?

사랑은 금성에 토성에 있고 지구도 지옥도 안 보이는 곳 목성의 시간이 별처럼 반짝이는 곳
끝날 것 같지 않은 길이 깊어질수록
외로움을 쿨룩쿨룩 의자 깊숙이 밀어 넣는 소리
종점이 보고 싶어서라기보다 종점에 닿아야 하기에 종점을 기다립니다

종점은 아직 멀었습니까

노 젓지 않는 배가 줄에 묶여 있고
노 젓지 않는 배가 유리창을 달립니다
앞과 뒤 사이 가운데 거기 어디쯤 껌 씹는 사람
머리 위에 무성의 영화가 켜져 있습니다

종점에 내리면 영화는 끝나지 않고 유리창 너머에 웃는 남자는 없어요
웃는 여자가 허기진 웃음을 계속 웃으며
비라도 오는 날에는 떠도는 사이가 밤의 오지를 오래 배회합니다

목성은 아직 멀어요
영화가 끝나지 않았으므로

미생

책장에서 책을 한 권 뺀다
옆자리가 조금 넉넉해졌다
빈자리에 무거운 퇴근을 내려놓을 수 있겠구나
책장에서 책을 한 권 뺀다
내 마음이 조금 느슨해지고
저녁을 위로하며 우리는 비스듬히 헝클어지는구나
책장에서 책을 한 권 뺀다
강에서 주운 인형이 그 자리를 차지한다
눈먼 새는 돌과 달을 구분하지 못하고
겨드랑이를 열고 돌을 품는다

그러자 그러자
눈뜨지 말자
껍질이 노골노골해지도록

책장에서 책을 한 권 뺀다

책장에서 책을 한 권 뺀다 하루를 지운다

책장에서 책을 한 권 뺀다 남은 날을 지운다
책장에서 책을 한 권 뺀다 마지막 한 권까지 지우고 나면 입덧은 사라지고
입속이 퀭하다
품은 것이 빠져나가자
더이상 태어날 오늘이 없다

오늘 책장은 책장이 아니다

책장은 닭장이다
한번 빌려 간 책이다
재활용 수거함에 뒹굴지언정 돌아오는 법이 없는
책처럼 한번 도망친 닭은
돌아오는 법이 없다

고속

엘리베이터를 장착하고 회사가 종횡무진 굴러가고 있다
아침이 오듯 엘리베이터가 오고 있어

휴대전화를 놓고 왔다
돌아갔다
오는 사이 엘리베이터는 규칙적으로 떠나고 불규칙적으로 엘리베이터가
오고 있다 사장님이 오시듯이
중간에 내리는 사람이 있다 알면서 모르면서
우리는 인사하지 않는다

눈 가리고
아웅, 한다

엘리베이터를 침묵이 기다린다
엘리베이터를 초조가 기다린다

꼭대기를 장착하고

도시가 전진하고 있다 엘리베이터가 빨리 도착하고 엘리베이터가 빨리 콕콕콕콕 닫힌다

주머니 속에는 팽팽하게 부풀어 오른 방광이 매일처럼 들어 있다

휴대전화를 놓고 방광을 들고 온 것 같다

터지는 건 시간문제

알록달록 바람이 시원하다

그게 끝이다

한계치에 도착했습니다

일생을 종료합니다

내려가는 엘리베이터는 따로 없으므로

나비가 뛰는 방향으로

한번 날아본다

고요한 밥상

빈방에 밥상이 고요히 앉아 있다

빈 밥상이다
밥상은 밥을 기다린다

밥 짓는 어미는 어디 가고 없다

빈 밥상을 보면 배가 고프다 배가 고프지 않다가도 배가 고프다

허기는 고요히 빈방을 기다린다
빈방을 기다리는 건

빈 밥상이 아닐 수도 있다
빈 밥상 아닌 것이 고요히 빈방에 앉아 있다

빈 무덤 앞에 놓이는 허기
고요한 밥은 슬프다

슬픈 밥상이 기다리는 건
빈 몸이다

빈 무덤에 다져지는 고요

빈 밥상은 어디 가고 없고 이불처럼 하얀 팔뚝 하나 문
밖에 내다 걸린다

버스 정류소에서는

버스에서 못 내린 사람을 애도한다

버스는 돌아오지 않는다

곧 조문이 도착한다

이어지는 길, 잇는 시

김지윤

1. 시야(視野), 시야(時夜)

세상은 소리로 가득 차 있으나, 정작 들을 수 있는 소리들이 사라져간다. 무언가를 귀 기울여 들으려 해도 소리들이 다른 소리를 묻어버리는 과잉 소통의 세상에서 우리는 희미한 소리에 귀 기울이는 법을 점차 잊어버린다. 누군가가 다가오고, 또 멀어지는 작은 발소리는 조용한 곳에서만 들을 수 있지만, 우리는 침묵을 잃어간다.

세계는 빛으로 가득 차 있으나, 정작 하늘의 별은 보이지 않는다. 어둠 속에서만 볼 수 있는 것들이 있으나 너무 화려한 조명들과 밝은 빛들은 어둠의 공간을 허락하지 않는다. 멀리 있는 것들의 빛은 종종 흐릿하게 나타나고, 너무 밝은 곳에서는 볼 수가 없다. 어둠 속에서 옛 사람에게 길을 알려주었던 그 희미한 빛들은 이제 도시의 밤하늘에서 자취를 감추었다.

김임선 시에는 세계를 인식하는 남다른 감각이 있다. 시인은 쉽게 볼 수 있는 화려한 것들, 네온사인처럼 선명한 빛에서 시선을 거두고 잘 보이지 않는 흐릿한 것을 보기 위해 집중한다. 그러기 위해서 시인은 어둠을 응시해야 한다. 태양이 만물을 다 밝혀 보여주는 존재인 데 반해, 어둠은 존재의 윤곽을 감추고 가려준다. 모든 비밀들, 타자의 신비는 어둠 속에 존재한다. 시인의 첫 시집 『오른쪽 주머니에 사탕 있는 남자 찾기』 속에 담긴 시인의 시선은 빛에서 어둠으로, 다시 어둠에서 빛으로 오고 가며, 어떤 곳에 계속 머물거나 고정되지 않는다. 소음 속에서 귀를 기울이고, 더 많은 소리를 듣기 위해 침묵을 택하기도 한다. 더 많은 것을 보고, 듣기 위해 시인은 계속 걸음을 옮긴다.

이 시집에서 자주 찾아볼 수 있는 것은 '집' '길' '문'과 같은 시어들인데 이것들은 '눈'과 관련이 있다. 시인은 머무르기보다는 움직이려고 하는데 그 움직임을 강제로 멈추게 하는 '벽'이나 고립되고 단절된 '집'과 같은 내부 공간들은 부정적으로 인식된다. 이에 반해 내부와 외부를 자유롭게 출입할 수 있는 '문'의 존재는 긍정적으로 여긴다.

「조요오옹 1」에서 "문도 없고 공기도 없는 어딘가의 속 같았다 뜨겁지도 않고 차갑지도 않은 무언가의 내장 같았다 미지근한 국밥 속을 헤엄치는 것 같았다 한 숟가락을 떠먹은 후 우웩 뱉어내는 맛이었다"고 묘사되는 내부 공간은 '문'이 없으면서 '공기'도 없는 곳으로 상정된다. 문이 없으면 숨을 쉴 수 없고, 심지어 시야까지 차단되는 것이다. "아직도 안 보여?"라는 질문이 던져진 후 울음이 터진다. 문이 없는 곳에서 "울음"은 결국 갇혀 있는 곳에 작은 구멍을 만들어낸다. "울음은 뚜껑을 열고 바깥으로 고개를 내밀었다"는 것이지만, 완전히 빠져나온 것이 아니라 머리만 내민 것이어서 이번에는 "안을 들여다 볼 수 없게 되었다."

바깥을 차단시키는 "문도 없고 공기도 없는 어딘가의 속"에 갇혀 있는 것도 문제이지만 바깥에서 안쪽을 들여다볼 수 없는 것도 문제이다. 안과 밖 중 하나만 선택할 수 없는 것처럼 침묵과 소음 중 하나만 택할 수도 없다. 때로 침묵을 "울음"이 깨어줄 수 있어야 하고, 울음이 다시 고요해질 수도 있어야 하는 것이다. 이 시의 제목은 "조요오옹"이지만 침묵이 너무 오래되면 목소리를 잃는다. 소음이 지속되면 작은 소리들이 모두 의미를 상실하는 것과 마찬가지다. "목구멍에 수제비처럼 목소리가 둥둥 뭉쳐 있는데 얼굴도 없이 주먹 같"은 상태가 되는 것이다.

시야를 빼앗긴 시선은 무기력해진다. "고양이 눈썹에 걸린 오렌지는 눈 속에서 썩어가"는 것이다. 고립되어 갇힌 곳에서 자폐적 시선은 타인의 시선과 얽힐 수 없다. "오렌지 발톱에 찢긴 연애는 내 방에서/혼자 눈을 뜨고" 만다.

이런 시간이 길어지다 보면 시야가 제한된 현실에 익숙해지곤 한다. 보이는 것만 보고, 믿으면서 살게 되는 것이다. 「집」

의 구절처럼 "눈앞에 보이지 않으면 잊을 수 있을 것이다"라고 말하면서. 나중에는 그것에 길들여져서, 나갈 길이 생겨도 스스로 나가지 않게 된다. 더 많은 것을 보게 되고, 발견하고, 알게 될 일이 두려운 것이다. 그렇게 "자정은 어둡고 무서워서 자정의 미로에 스스로 갇힌다." 심지어는 "갇혀서도 갇힌 걸 모"르고, "문이 열려 있는데 나가지 않는다". 그러나 이 시집은 되풀이해서 말한다. 시가 생겨나는 자리는 길 위이며, 끝없이 다시 길을 떠나는 것이 시인이라고.

자기만의 시야를 확보해야 하는 것이 시인의 사명이다. 세상을 바라보는 시선의 범위는 제한되지 않고 점점 더 확장될 수 있어야 한다. 어둠 속에서도 마찬가지인데, 어둠에 시야를 빼앗기기보다는 그 속에서 더 잘 보이는 것들을 찾아 새롭게 바라보는 능력을 얻으려 하는 것이다. 어둠 속 존재들은 완전히 확인되지 않아 낯설고 두려운 마음을 갖게 하지만, 그럼에도 시인은 빛뿐 아니라 어둠에도 깊은 관심을 가진다. 어둠은 파악할 수 없는 비밀스러운 공간을 남겨두며, 비밀은 알 수 없는 미지의 길을 탐험할 원동력이 된다. 시야(時夜)는 밤이 되는 때이다. 시인은 시야(時夜)를 맞은 시야(視野)를 안다. 어둠 속에서는 희미한 빛도 더 밝게 빛나고, 낮의 찬란한 태양 아래에선 모르던 것들이 보인다.

2. 무한한 길

김임선의 시에는 수많은 길이 놓여 있다. 그 길들은 다시 무수한 갈래로 나뉘어 갈림길이 된다. 대부분 이정표가 없기에, 길 위의 사람들은 어디로 가야 할지 몰라 난감해진다. 그러나 비록 길을 잃을 것이 거의 확실해 보인다 해도 멈추기보다는 걸음을 옮겨야 한다고, 김임선의 화자들은 말한다.

"어두울 적은 숨죽인 발소리로 온다/비틀비틀 와서 그윽이 쌓인다//시대가 걸어오는 방향으로 고개를 돌린다/어디에서 길을 잃고 쓰러졌는지"(「붉을 적」)이나 "우리 아버지 휴가 받고 산에 갔다가/길을 잃었는데 산속에서 그 연못가 사과나무를 만났거든"(「사과나무와 뱀과 그림자」)과 같은 구절들에서 보듯 수많은 화자들은 거듭 길을 잃는다.

어둠은 "숨죽인 발소리"로 비틀대며 온다. 들릴 듯 말 듯 조용한 발소리이지만 점점 "그윽이 쌓"이게 된다. 아무리 희미한 발소리라 해도, 발소리가 들린다는 것은 무언가 움직이고 있음을 뜻한다. 발걸음을 옮기는 이들이 있는 한 길은 계속된다. 이것은 희망이다. 길을 잃는다는 것은 가고 싶은 곳이 있기 때문이다. 멈추지 않는다면 원하는 곳에 닿을 희망은 여전히 남아 있는 것이다. "작은 발소리에도/창자와 위장 사이 우심방과 우심실 사이/심장처럼 뛰는 가련한 희망"(「감자」)이라 해도 말이다.

그러니 김임선의 시에서 길을 잃는다는 게 부정적인 일은 아니다. 「사과나무와 뱀과 그림자」에서처럼 "길을 잃었는데 산 속에서 그 연못가 사과나무를 만났"다고 말하듯, 길을 헤맸기 때문에 예상치 않은 곳에서 전혀 의외의 가능성을 마주치게 되기도 하는 것이다. "인류를 구원해야 하는 빨간 사과"를 열게 할 사과나무를 만난 사건은 어쩌면 운명과 같다. 우연과 필연은 사실 관점의 차이이며 어떻게 해석하느냐의 문제일 수 있다.

하지만 "이 길의 끝은 여기인가요?/그렇다면 내 길의 끝은 어디인가요?"(「집」)라는 질문이 던져지는 '끝'이 있는 막다른 공간은 어떤 새로운 가능성도 허락하지 않는다. 따라서 '길의 끝'은 김임선의 시에서는 '도착'의 의미보다는 더 이상 나아가지 못한다는 단절의 의미가 강하다. "종점이 보고 싶어서라기보다 종점에 닿아야 하기에 종점을 기다"(「목성의 날」)리는 것이기는 하지만 '종점'은 길의 마지막에 있는 것이기에 모든 여정의 끝이기도 하다.

「네가 보내온 하루」 중 "조금 더 올라가면 전망대가 나올 거야 길의 끝에서 전망대를 만났지만 전망대는 무서워 못 올라가고"라는 문장을 눈여겨보자. "전망대에 올랐다면 우리는 앞날을 전망할 수 있었을까?"라는 질문이 던져진다. 화자는 "무서워 못 올라가고"라고 한다. 길이 끝나지 않기 위해서는 전망대에 오를 수 없는 것이다. 낮은 곳에서 좀 더 높은 전망을 가질 수 있다는 것도 흥미로운 발상이다. 전망대에 올라 아래를 바라보면 길의 끝이 어디인지 더 잘 볼 수 있겠지만, 낮은 곳에서 올려다보면 길은 끝나지 않고 무한히 펼쳐진 듯 보인다.

"잘못 든 길이/잘못된 길이라고 누가 그래?"라는 말은 의미심장하다. 가야 할 길이 정해진 것이 아니고 수많은 갈림길들 속에서 헤매는 일도 오히려 '끝'을 유예하며 여정을 더 길게 이어준다고 생각해보자. 그런 관점에서 보면 "잘못 든 길"이 "잘못된 길"은 결코 아니다. "잘못 든 길에서 널 기억"할 수 있기에 오히려 꼭 가야 하는 길일 수도 있다. 그래서 화자는 "다시 걸어야 할 때가 되었어"라고 말한다. 길은 끝없이 다시 시작되는 새로운 걸음들을 위해 더 무수해져야 한다.

이 버스는 정류장이 없다
이 버스는 문이 없다
이 버스는 운전수가 없다
이 버스는 목적지가 없다
이 버스는 이가 없다

이 버스를 쫓는 사이렌 소리

이 버스를
당신께 보냅니다

—「질주」 전문

이 시는 나에게 아름답게 읽힌다. 무한히 펼쳐진 길 위에 정처 없이 달리는 버스의 속도감을 희열과 함께 느끼게 하는 까

닭이다. '이 버스는 ~가 없다'라는 문장을 네 번 반복한 뒤 마지막에 "이 버스는 이가 없다"라고 쓴 것은 시인의 남다른 언어 감각을 보여준다.

"이 버스"라고 계속해서 말하고는 있지만, 사실 "이"를 빼고 그냥 "버스"로 이해하라는 것이다. '이 버스'라고 특정하는 대신 '버스'라고만 말하면 그 범위가 전체로 확장될 수 있다. 사실은 '모든 버스'인 것이다. 정류장도, 문도, 운전수도, 목적지도 없는 버스가 질주하니 사이렌 소리가 그 뒤를 좇는다. 그러나 버스는 사이렌 소리를 앞지르고, 더 빠르게 달린다. 이것은 자유의 속도다. 시인은 "이 버스를/당신께 보냅니다"라는 문장을 가장 마지막에 남겨놓았다.

정류장도 운전수도 없다면 버스가 질주하는 길은 우연적으로 선택되곤 할 것이다. 길에서 마주치게 되는 것들도 변화무쌍하고 미지의 것들인 경우가 많다. 예상하지 못한 때, 삶에 준비 없이 닥쳐오는 것들은 대개 낯설고 이질적인 느낌을 준다. 아도르노는 '세상에 대한 낯섦'이 예술의 계기라고 보았다. 낯선 것을 마주치면서 예술은 하나의 '계기'를 맞고, 그것이 심화되면 한계와 규정을 넘어설 수 있게 된다.

3. 연이은 시

시인은 빛이 가득한 곳에서 어둠을 보기 위해 색안경을 쓰기도 한다. 새로운 렌즈를 통한 세상은 달리 보인다. 시 「색안경을 쓰는 일」은 "안경을 쓰면/돌은 달이 되기도 합니다//달은 둘이 되기도 해요"라고 말한다. 그 변화의 과정 자체가 "여행"이라고 시인은 쓴다. 달이 빛을 잃으면 그저 돌이 된다. 돌이 빛을 얻으면 달이 된다. 돌은 돌일 뿐이고, 달은 달일 뿐이라도 그것들은 서로 닮은 '둘'처럼 보이기도 한다. 어떻게 보느냐의 문제인 것이다.

이 시는 내게 사랑에 대한 시로 읽힌다. 사랑하는 두 사람은 "너와 내가 짝을 먹고 색유리를 통과하는 시간"을 통과해야 한다. 그리고 색유리를 통과하면 모든 것을 빛으로 물들이던 환상이 현실 속으로 가라앉으면서 "점점 어두워지는 너의 낯빛" 위로 "빗줄기가 우거지고 쓰러지고 뒤엉키고 있"는 날씨가 드러난다.

이제 사랑은 의심에 사로잡힌다. 막다른 곳에 이르러 의심을 사실로 확인하기 직전의 "코너에 몰리면" 사실을 받아들이거나, 외면하거나 하는 두 개의 선택지만이 놓인다. 대부분의 사람들은 외면하기를 택한다. "눈만 가리면 그만입니다"라고 생각하는 것이다.

"우산을 쓰면/둘은 하나가 되기도 해요"라고 화자는 말한다. 그러나 비가 내릴 때 우산을 쓰면 젖는 것을 막을 수 있지만, 들이치는 빗줄기까지 다 피할 수는 없다. "우산이 비를 따라 달리네요/의심은 우산을 쫓아 달리고요"라는 구절은 흥미롭다. "눈만 가리면 그만"이라는 생각은 오산이다. 우산을 쓰는 것은 비를 피하기 위함인데 오히려 비를 따라다니게 된다는 것은 아이러니한 일이다. 우산 속에서 하나가 되기 위해서, 비가 내리는 것은 좋은 구실이 된다. 돌은 돌이고 달은 달인데, 둘이 하나로 보이는 것은 사실 왜곡된 시선의 착각이다. 함께해야 한다는 사실이 강박이 될 때 사랑은 스스로를 기만한다.

두 사람이 하나가 되었다는 착각 속에 우산 안쪽에 머물러 있게 하려면, 비는 멈추지 않고 계속 내려야만 한다. 그래서 "우산이 비를 따라 달리"고 "의심은 우산을 쫓아 달리"는 것이다. 결국 비가 오는 한, 이 둘은 우산 속에 갇히게 되고 의심은 두 사람의 사랑을 좀먹는다.

주지하다시피, 어딘가의 내부에 갇힌다는 것은 김임선 시에서는 가능성의 소멸을 의미한다. 문은 스스로를 유폐하는 현실을 겨냥하는 "시꺼먼 총"과 같은 것이다. 문이 열린다면 밖으로 나갈 수 있기 때문이다. 밖으로 나가 길을 떠날 수 있다는 것은 가능성의 발아를 의미하므로, 시적화자는 "내 몸에 씨앗 싹트기를 바라네"라고 하면서, 열쇠를 만들고 그것을 키워서 "유리 밖을 겨누고" 쏠 수 있는 총을 만들 것이라고 한다. 집에 갇힌 소녀는 "문 열어, 엄마!"라고 외치며 유리 밖을 향해 총탄을 날려 "새파랗게 무너지면/나는 유리 밖으로 나가서//가출 소녀가 될 거야"(「가출 소녀」)라고 한다.

문이 열려 있으면 바깥의 존재들이 들어오거나 밖을 내다볼 수 있게 된다. 이 시에서 열린 문틈으로 들어오는 것들은 달빛, 나비, 자장가와 같은 것들이다. 그러나 "방문 앞에서 문지방을 못 넘고 몇 번이나 왔다가 돌아서는 나비"처럼, 밖의 것들은 안

쪽으로 좀처럼 들어오지 않는다. 그러니 열린 문을 통해 바깥으로 나가야만 한다.

「나를 향하는 낙하」의 첫 문장은 "발이 없는 날은 길을 나서지 않는다"로 시작된다. 그러나 곧 화자는 "발이 없어도 발이 되는 것들이 많구나"라는 새로운 깨달음에 직면한다. 걷지 못해도 계속 나아갈 수 있으려면 "발이 없어도 발이 되는 것들"을 찾아야 한다. "발이 없어도 발이 되는 것들이 많다는" 사실은 "용기를 주지만 가혹한 시련도 함께 주"는 일이다. 또한 "발이 없다고 허공을 딛고 살아서는 안 된다". 땅 위에서 현실을 딛고 걸어야 "탈피하는 게"(「썰물」)처럼 현실 속 무언가를 바꿀 수 있는 가능성의 씨앗을 남길 수 있다.

"나는 파도 파도 한 그루야"라고 말하며 "바람을/해방이라 부르는/파랑"(「파도를 나무라 부르고 숲에서 물고기 한 마리 구하네」)이 되기를 바라는 것이다. "뿌리는 너에게 있고 저녁의 바람이 나를 흔드"는 것을 느낄 때 뿌리를 벗어나 더 높은 곳을 향하기 위해 시는 점점 더 큰 파란을 만든다. 파도로 인해 "왈칵왈칵 구역질이 피"면 휘파람을 불고, "휘파람을 펄럭임이라 부르고/펄럭이는 물보라를 나비라 부르"기 위해 "날개를 파도라 부르고/파도를 나무라 부르고/환하게 물고기 날아오르"는 "절정"을 상상하고, 목격할 수 있다. 한 편의 시는 이처럼 이미지에서 다른 이미지로 건너가며 상상을 확장시키고, 시어와 시어를 이어주며 더 깊은 통찰에 가 닿게 한다.

이 시집의 제목이기도 한 표제작 「오른쪽 주머니에 사탕 있는 남자 찾기」는 사랑의 발견에 대한 의미를 담고 있다. "당신의 주머니를 잘 알아요"라고 남자에게 말하면서 화자는 그가 숨기고 있는 사탕의 존재를 드러내려 한다. 달콤한 상상에도 불구하고 '사탕'은 사실 주머니 안쪽에 숨겨져 있다. 누구나의 주머니 속에 들어 있을 법한 이 사탕은, "사랑"과 동일시된다. 정작 "어떻게 당신의 주머니에 들어갔는지"에 대해서는 대답할 수 없다 해도, "사탕 대신 꽃은 어때요?"라는 질문에 대해 "어머, 꽃 피우는 당신 마법사였군요//꽃을 나눠 가진 우리/이제 달콤해집니다"라는 답변이 던져진다. 사탕은 꽃으로, 꽃은 다시 사랑으로 변주되며 연결점을 갖게 한다.

시는 일상 속에 무디고 무감각해진 마음을 흔들고 깨우는 존재다. 「약간 열린 문」의 제목과 같이, 문은 활짝 열려 있지 않고 약간만 열려 있어도 무방하다. 무엇을 보느냐에 따라 풍경은 다르다. "반은 눈을 떴고 반은 눈을 감았다"라는 표현에서, "반은 눈을 떴"다는 것과 "반은 눈을 감았다"는 것은 사실 동일한 의미다. 어디에 기준을 두고 보느냐의 차이다.

시는 우리에게 자기만의 지평을 만들어 보여준다. 물론 그것을 따라 걷든, 걷다가 새로운 갈림길로 빠지든, 하나의 길을 다른 길과 이어 새로운 나의 길을 만들든 모두 좋은 것이다. 중요한 것은 길이 끝없이 펼쳐지게 하는 일이다. 시들이 연결되고 겹쳐지고, 계속 새롭게 시작하는 계기를 맞을 수 있도록, 수많은 시작들을 향해 문을 열어두어야 한다. "과거는 빨래가 되고 전생은 세탁이 되고 찬란한 앞날이 햇볕에 말라"가면 "새로운 인생이 뽀송뽀송해"(「같은 옷을 두 번 벗지 않는다」)질 것이다. "찬란한 앞날"을 가진 이 시인의 다음 시집이 기다려진다.

金智允 | 시인, 문학평론가, 상명대 교수

푸른사상 시선

1 **광장으로 가는 길** | 이은봉 · 맹문재 엮음
2 **오두막 황제** | 조재훈
3 **첫눈 아침** | 이은봉
4 **어쩌다가 도둑이 되었나요** | 이봉형
5 **귀뚜라미 생포 작전** | 정원도
6 **파랑도에 빠지다** | 심인숙
7 **지붕의 등뼈** | 박승민
8 **살찐 슬픔으로 돌아다니다** | 송유미
9 **나를 두고 왔다** | 신승우
10 **거룩한 그물** | 조항록
11 **어둠의 얼굴** | 김석환
12 **영화처럼** | 최희철
13 **나는 너를 닮고** | 이선형
14 **철새의 일인칭** | 서상규
15 **죽은 물푸레나무에 대한 기억** | 권진희
16 **봄에 덧나다** | 조혜영
17 **무인 등대에서 휘파람** | 심창만
18 **물결무늬 손뼈 화석** | 이종섶
19 **맨드라미 꽃눈** | 김화정
20 **그때 나는 학교에 있었다** | 박영희
21 **달함지** | 이종수
22 **수선집 근처** | 전다형
23 **족보** | 이한걸
24 **부평 4공단 여공** | 정세훈
25 **음표들의 집** | 최기순
26 **나는 지금 운전 중** | 윤석산
27 **카페, 가난한 비** | 박석준
28 **아내의 수사법** | 권혁소
29 **그리움에는 바퀴가 달려 있다** | 김광렬
30 **올랜도 간다** | 한혜영
31 **오래된 숯가마** | 홍성운
32 **엄마, 엄마들** | 성향숙
33 **기룬 어린 양들** | 맹문재
34 **반국 노래자랑** | 정춘근
35 **여우비 간다** | 정진경
36 **목련 미용실** | 이순주
37 **세상을 박음질하다** | 정연홍
38 **나는 지금 외출 중** | 문영규
39 **안녕, 딜레마** | 정운희
40 **미안하다** | 육봉수
41 **엄마의 연애** | 유희주
42 **외포리의 갈매기** | 강 민
43 **기차 아래 사랑법** | 박관서
44 **괜찮아** | 최은묵
45 **우리집에 왜 왔니?** | 박미라
46 **달팽이 뿔** | 김준태
47 **세온도를 그리다** | 정선호
48 **너덜겅 편지** | 김 완
49 **찬란한 봄날** | 김유섭
50 **웃기는 짬뽕** | 신미균
51 **일인분이 일인분에게** | 김은정
52 **진뫼로 간다** | 김도수
53 **터무니 있다** | 오승철
54 **바람의 구문론** | 이종섶
55 **나는 나의 어머니가 되어** | 고현혜
56 **천만년이 내린다** | 유승도
57 **우포늪** | 손남숙
58 **봄들에서** | 정일남
59 **사람이나 꽃이나** | 채상근
60 **서리꽃은 왜 유리창에 피는가** | 임 윤
61 **마당 깊은 꽃집** | 이주희
62 **모래 마을에서** | 김광렬
63 **나는 소금쟁이다** | 조계숙
64 **역사를 외다** | 윤기묵
65 **돌의 연가** | 김석환
66 **숲 거울** | 차옥혜
67 **마네킹도 옷을 갈아입는다** | 정대호
68 **별자리** | 박경조

69 눈물도 때로는 희망 | 조선남
70 슬픈 레미콘 | 조 원
71 여기 아닌 곳 | 조항록
72 고래는 왜 강에서 죽었을까 | 제리안
73 한생을 톡 토독 | 공혜경
74 고갯길의 신화 | 김종상
75 고개 숙인 모든 것 | 박노식
76 너를 놓치다 | 정일관
77 눈 뜨는 달력 | 김 선
78 거꾸로 서서 생각합니다 | 송정섭
79 시절을 털다 | 김금희
80 발에 차이는 돌도 경전이다 | 김윤현
81 성규의 집 | 정진남
82 번함 공원에서 점을 보다 | 정선호
83 내일은 무지개 | 김광렬
84 빗방울 화석 | 원종태
85 동백꽃 편지 | 김종숙
86 달의 알리바이 | 김춘남
87 사랑할 게 딱 하나만 있어라 | 김형미
88 건너가는 시간 | 김황흠
89 호박꽃 엄마 | 유순예
90 아버지의 귀 | 박원희
91 금왕을 찾아가며 | 전병호
92 그대도 내겐 바람이다 | 임미리
93 불가능을 검색한다 | 이인호
94 너를 사랑하는 힘 | 안효희
95 늦게나마 고마웠습니다 | 이은래
96 버릴까 | 홍성운
97 사막의 사랑 | 강계순
98 베트남, 내가 두고 온 나라 | 김태수
99 다시 첫사랑을 노래하다 | 신동원
100 즐거운 광장 | 백무산 · 맹문재 엮음
101 피어라 모든 시냥 | 김자흔
102 염소와 꽃잎 | 유진택
103 소란이 환하다 | 유희주
104 생리대 사회학 | 안준철
105 동태 | 박상화
106 새벽에 깨어 | 여국현
107 씨앗의 노래 | 차옥혜
108 한 잎 | 권정수
109 촛불을 든 아들에게 | 김창규
110 얼굴, 잘 모르겠네 | 이복자
111 너도꽃나무 | 김미선
112 공중에 갇히다 | 김덕근
113 새점을 치는 저녁 | 주영국
114 노을의 시 | 권서각
115 가로수의 수학 시간 | 오새미
116 염소가 아니어서 다행이야 | 성향숙
117 마지막 버스에서 | 허윤설
118 장생포에서 | 황주경
119 흰 말채나무의 시간 | 최기순
120 을의 소심함에 대한 옹호 | 김민휴
121 격렬한 대화 | 강태승
122 시인은 무엇으로 사는가 | 강세환
123 연두는 모른다 | 조규남
124 시간의 색깔은 자신이 지향하는 빛깔로 간다 | 박석준
125 뼈의 노래 | 김기홍
126 가끔은 길이 없어도 가야 할 때가 있다 | 정대호
127 중심은 비어 있었다 | 조성웅
128 꽃나무가 중얼거렸다 | 신준수
129 헬리패드에 서서 | 김용아
130 유랑하는 달팽이 | 이기헌
131 수제비 먹으러 가자는 말 | 이명윤
132 단풍 콩잎 가족 | 이 철
133 먼 길을 돌아왔네 | 서숙희
134 새의 식사 | 김옥숙
135 사북 골목에서 | 맹문재
136 왜 네가 아니면 전부가 아닌지 | 정운희
137 멸종위기종 | 원종태
138 프엉꽃이 데려온 여름 | 박경자
139 물소의 춤 | 강현숙
140 목포, 에말이요 | 최기종
141 식물성 구체시 | 고 원
142 꼬치 아파 | 윤임수
143 아득한 집 | 김정원
144 여기가 막장이다 | 정연수

145 **곡선을 기르다** | 오새미
146 **사랑이 가끔 나를 애인이라고 부른다** | 서화성
147 **더글러스 퍼 널빤지에게** | 백수인
148 **나는 누구의 바깥에 서 있는 걸까** | 박은주
149 **풀이라서 다행이다** | 한영희
150 **가슴을 재다** | 박설희
151 **나무에 기대다** | 안준철
152 **속삭거려도 다 알아** | 유순예
153 **중딩들** | 이봉환
154 **수평은 동무가 참 많다** | 김정원
155 **황금 언덕의 시** | 김은정
156 **고요한 세계** | 유국환
157 **마스카라 지운 초승달** | 권위상
158 **수궁가 한 대목처럼** | 장우원
159 **목련 그늘** | 조용환
160 **그대라면, 무슨 부탁부터 하겠는가** | 박경조
161 **동행** | 박시교
162 **광부의 하늘이 무너졌다** | 성희직
163 **천년에 아흔아홉 번** | 김려원
164 **이별 후에 동네 한 바퀴** | 이인호
165 **무릉별유천지 사람들** | 이애리
166 **오늘의 지층** | 조숙향